KB195976

하늘에 걸린 가로등

A Streetlamp Hung in the Sky

하늘에 걸린 가로등

2025년 1월 10일 초판 1쇄 인쇄
2025년 1월 20일 초판 1쇄 발행

지은이 | 이병석
번역 감수 | 김지영
펴낸이 | 孫貞順

펴낸곳 | 도서출판 작가
(03756) 서울 서대문구 북아현로6길 50
전화 | 02)365-8111~2 팩스 | 02)365-8110
이메일 | cultura@cultura.co.kr
홈페이지 | www.cultura.co.kr
등록번호 | 제13-630호(2000. 2. 9.)

편집 | 손희 김치성 설재원
디자인 | 오경은 이동홍
마케팅 | 박영민
관리 | 이용승

ISBN 979-11-94366-17-1 03810

잘못된 책은 구입하신 서점에서 바꾸어 드립니다.

값 15,000원

한국디카시 대표시선

24

이병석 디카시집

하늘에 걸린 가로등

A Streetlamp Hung in the Sky

작가

■ 시인의 말

순간의 감동이
사진 속에 그려지고
기억 속 설렘의 파장이
가슴을 시리게 하고
뜨겁게 하여주었다

순간이, 감동이, 기억이
디지털 사진 속에 잡혀
시가 되고
사연으로 엮어져
세상과 만나게 되었다.

나의 감동이
독자를 반응하게 하길,
나의 추억이
독자에게 추억 몰이하여 주길,
시의 끈으로 이어지길 기도한다.

2025년 겨울
이병석

■ A Note from the Poet

The fleeting moments of inspiration
etched in photographs,
the ripples of excitement in memory
left my heart both aching and burning.

Moments, emotions, and memories
captured in digital images
turned into poetry,
woven into stories,
and brought to meet the world.

I hope my feelings
resonate with my readers.
I hope my memories
stir their own.
And I pray we are bound together
by the threads of poetry.

Winter 2025
Lee Byung-Seok

차례

시인의 말 A Note from the Poet

제1부 사라진 언어 The Vanished Language

제2부 내 눈이 머무는 곳 Where My Eyes Rest

제3부 거꾸로 본 세상 To See the World Upside Down

제4부 사랑의 다른 이름 Another Name for Love

제1부

사라진 언어

The Vanished Language

물수제비

Skipping Stones

그리움은 별이 되어 물 위에 있고
슬픈 가슴은 바다와 깊이 잠겼다
바람이 물 위를 달려
아픈 가슴을 위로하니
슬픔을 흘리며 올라가 달이 되었다

Longing becomes a star resting upon the water,
While a sorrowful heart sinks deep into the sea.
The wind runs across the water,
Consoling the aching heart,
Shedding its sadness as it rises, becoming the moon.

바다를 깨고 오르는 해
The Sun Breaking through the Sea

바다를 깨고

덮은 구름을 밀고

하늘길을 만들며 올라오는

너를 맞으려

부서진 바다가 밀고오는 파도를 견딘다

Breaking through the sea,

Pushing aside the clouds that cover,

Carving a path into the sky as you rise—

To welcome you,

I endure the crashing waves the shattered sea sends forth.

아픔 뒤에는
Beyond the ache

비가 지나간 후

땅이 마르기도 전에

"이제 괜찮을 거야

이젠 괜찮을 거야" 말하며

쌍으로 찾아왔습니다

After the rain passed,

Before the ground even had time to dry,

Saying, "It'll be alright now,

Everything will be alright,"

They came to me, together, as a pair.

갈대 바람에 흐르는 달
The Moon Flowing in the Reed Wind

지는 해를 배웅하려고

어두움보다 먼저 왔다

나뭇가지에 앉으니

갈대 바람이 불어 달이 흘러내린다

To bid farewell to the setting sun,

A moon arrived before the darkness.

Perching on a tree branch,

The reed wind stirs, And the moon spills gently down.

성황당의 염원

The Wishes on the Tree Shrine

정성을 모아

염원을 모아

나무에 매달고

바람을 만나

그 기도가 전해지길

Gathering sincerity,

Collecting heartfelt wishes,

Hangs them on a tree,

Hoping the wind will carry

May that prayer be delivered.

기다림
A Longing Poised in Quiet Stillness

구름이 몰려와 쌓이고 쌓여

보이지 않아도

빛은 저기에 있어

그대와 이어진 끈 붙잡고 있으니

시간은 그렇게 간다

Clouds gather and pile up,

Even if the light is hidden from view,

It still shines beyond.

Clinging to the thread that binds us

This moment, too, passes just like that.

바람의 손
The Hands of the Wind

바람이 하늘에 손자국을 남기고

지난 꿈은 오늘이 되어 왔다

님은 가고 없는데 그리움의 향이 가득하고

하늘의 보이지 않는 손이 그림을 그린다

미소가 그려진다

The wind leaves handprints in the sky,

And past dreams have arrived as today.

Though my beloved is gone, the scent of longing fills the air,

An invisible hand of the sky paints a picture,

A smile is drawn upon me.

붙잡고 싶은 달
The Moon I Wish to Hold

하루의 다 끝나지 않은 시름을 안고 풀밭에 앉아

찾아온 바람에 하늘과 갈대와 노니

아직 지지 않는 해도 나에게 다가오고

어두움보다 먼저 찾아온 달마저도 내 위에 있구나

널 붙들어 머물게 하고 싶지만, 시름만 내려놓고 널 보낸다

Carrying the unfinished burdens of the day, I sit on the grass,

Playing with the sky and reeds in the wind that has come to find me.

The sun, not yet set, draws near to me,

And even the moon, arriving before the darkness, lingers above me.

I wish to hold you here, to make you stay, But I lay down my burdens and let you go.

사라진 언어
The Vanished Language

말은 어디 갔을까

입들만 걸렸다

하고 싶은 말을 다 했을까

일그러진 입들의 의미는

Where have the words gone?

Only mouths remain.

Have they said all they wanted to say?

What do the twisted mouths represnt?

구름 십자가
Cloud Cross

땅에게 외롭다고 했더니

자기를 딛고 서라고 합니다.

바람에게 화가 난다고 했더니

식혀주겠다고 두 손을 벌리라 합니다.

눈을 들어 하늘을 보니 당신이 나와 함께하신답니다.

I told the earth I was lonely,

And it said, "Stand upon me."

I told the wind I was angry,

And it said, "Open your hands, I'll cool you down."

Lifting my eyes to the sky, I see that You are with me.

나무꾼의 사다리
Lumberjack's Ladder

떠나버린 아내가 그리워

함께 간 아이들이 보고 싶어

이 산에 사다리를 만들고 있습니다.

한 계단 한 계단 올라가고 그리움이 쌓이면

님 계시는 저 하늘에 닿겠죠.

Missing wife who has left,

Longing for the children who went with her,

He is building a ladder on this mountain.

Step by step, as he climb, and as his longing grows,

A lumberjack will surely reach the heavens where his belove dwell.

비뚤어진 삶
A Twisted Life

당신의 눈이 어디에 있나요?

당신의 마음이 어디에 있나요?

어디에 숨어 이리 꼬이고 꼬이다

바닥에 누우셨나요?

Where are your eyes?

Where is your heart?

Where have you hidden yourself, twisting and twisting again,

Until you've lain down on the ground?

달에게서 편지가 왔습니다
A Letter from the Moon

달에게서 편지가 왔습니다

별과 달의 이야기들이 너무 많아 우체통 밖으로 쏟아져 내립니다

밤새 사연들을 읽느라

온 밤을 훤하게 밝혔습니다

읽다가, 읽다가 다 못 읽어 잠이 들었습니다

A letter arrived from the moon,

Overflowing with stories of stars and the moon's adventures, spilling out beyond the mailbox.

All night, I read those tales,

Kept awake all night, as if illuminating the darkness with sleepless light.

Reading and reading, yet unable to finish them all, I drifted to sleep, dreaming of the words left unread.

찢어진 깃발
The Torn Flag

나 낡았다고 탓하지 마오.

바람을 가르고 파도를 넘어 바다의 저 끝에 가 보신 적 있으시오?

내 몸이 찢겨 그 조각이 대서양의 어느 곳에서 파도와 싸우고

태평양의 어느 곳에서 바람과 놀고 있다오.

나 낡아 헤어진 것이 아니라, 내 삶을 바다에 나누어 주고 온 것이라오

Do not blame me for being old and tattered.

Have you ever crossed the winds, or journeyed beyond the waves to the farthest edge of the sea?

A pieces of me are scattered. One fragment battles waves in the Atlantic,

Another dances with winds in the Pacific.

이분법
Dichotomy

하늘이 갈리고

땅과 바다가 나뉘었습니다

사람 사이의 정은 어디로 가고

이념과 사상으로 따로 놉니다.

정치에 정책은 어디 가고, 정당만 남아 싸웁니다.

The sky is split apart,

Earth and sea are torn asunder.

Where has the bond between people gone,

When ideologies and beliefs pull them to separate paths?

Politics has lost its purpose, Policies vanish into thin air, Leaving only parties behind, Clashing in endless battles.

제2부

내 눈이 머무는 곳

Where My Eyes Rest

빈 그네
The Empty Swing

당신은 갔습니다

파인 발자국에 추억의 흔적만 남기고 떠나셨습니다

그네가 멈추었습니다

당신이 없어서 그리움만이 앉아

당신의 발자국에 담긴 추억을 기억합니다

You have left,

Leaving only traces of memories in the footprints you carved.

The swing has stopped.

For you are no longer here; only longing sits upon it now.

Quietly remembering the memories held within your footsteps.

싹이 피었습니다
A Sprout Has Bloomed

싹이 피었습니다

님의 몸이 죽고 죽어 거름이 되어

싹이 올라옵니다.

당신의 생은 다 하셨어도

님에게서 싹이 자랐습니다.

A Sprout Has Bloomed

Where your body, Dying and dying again,

Became the nurturing ground.

A Sprout Has come up

Though your life has ended, Your essence remains.

From you, A sprout has grown.

나뭇가지에 걸린 연
A Kite Caught in the Branches

아이와 놀던 연은 나뭇가지에 걸리고

아이는 울며 당겨보지만, 나무가 돌려주질 않네

연이 나무에 걸렸네

실이 나무에 묶였네

하늘은 맑은데, 비는 아이의 눈에서 오네

The kite that once played with the child Is now caught in the branches.

The child pulls and pulls, crying, But the tree won't let it go.

The kite hangs tangled,

Its string bound to the tree.

The sky is clear, Yet rain falls—From the child's eyes alone.

캐롤라이나 낙우송
Bald Cypress Tree

캐롤라이나의 늪에서 자라는 낙우송을 아십니까?

뿌리를 물속에 담그고 수천 년을 사는 낙우송 숲에 연극 무대가 열렸습니다.

사랑하는 여인과 천사의 노래, 시기하는 악마가 무대에 올라

늪 속의 관객을 위한 공연을 합니다

오늘은 나도 관객이 되었습니다

Do You Know the Bald Cypress of the Carolina Swamps?

Where bald cypress trees dwell, Their roots submerged in water, They live for thousands of years. Amid this ancient forest, A theater has opened its stage.

A lover and his beloved, The song of an angel,

And the jealousy devil are put on the stage for the audience of the swamp.

Today, I too became an audience.

뿔난 사목
An Angry Deadtree

어찌 그리 화가 나셨습니까?

누구와 싸우다 쓰러지셨습니까?

이제 화내지 마시고 쉬소서

당신의 이루지 못한 뜻, 이 산은 알고

나무가 바람에게 전하고 새들이 노래하여 당신을 기억하리다

Why are you so angry?

With whom did you battle Before you fell?

Rest now, no longer fight.

This mountain knows The dreams you could not fulfill.

Trees tell the wind, Birds sing, remembering you.

노송과 바다와 하늘
The Old Pine, the Sea, and the Sky

노송이 하늘에 그림을 그립니다
바닷물을 찍어 하늘의 푸른색을 섞어
흰 구름을 그렸습니다
하늘 닮은 그림은 바다 위에
노송을 닮은 그림은 하늘에 그렸습니다

The old pine sketches on the sky,
Dipping into the sea to mix it with the sky's blues
And painting clouds of white.
A sky-like image is drawn upon the sea,
And a pine-like image graces the heavens.

내 눈이 머무는 곳
Where My Eyes Rest

내 눈이 머무는 저 먼바다가 보이시나요?

난 그곳을 나는 꿈을 꾼답니다

아직 가보지 않은 그곳이지만

매일 조금씩 그리고 멀리 다녀옵니다

그러다 보면 내 눈이 머무는 곳까지 가 있겠죠

Do you see the distant sea where my eyes rest?

I dream of flying there, To that place I've yet to reach.

Though I've never been,

Each day I wander there in my mind, A little further, a little closer.

And someday, I'll find myself standing Right where my eyes have lingered all along.

물 위에 만든 나무들의 성곽

A Fortress of Trees Upon the Water

성을 만들었습니다

물속에 뿌리를 담그고 살아온 수백 년

물고기들을 위해 궁전을 만들었습니다

언제나 놀러 오라고

와서 쉬어 가라고 궁전을 만들었습니다

A castle has been made,

Its roots resting in the water For hundreds of years.

For the fish, A palace was built, A sanctuary where life thrives.

"Come anytime," it says,

"Rest here awhile." This palace, A gift of shelter for peace, Welcomes all who wander by.

어부의 그물
The Fisherman's Net

어부가 물고기 잡기를 포기했습니다

물에서 사용하는 그물로

바람을 잡으려고,

세월을 잡으려고 기둥에 묶어두었습니다

세월의 무게가 무거워 그물이 찢겼습니다

The fisherman gave up catching fish,

Casting his net into the air,

To snare the wind,

To tether time to a pillar.

But time's weight grew heavy, And the net was torn apart.

부서진 전등
A Broken Light Fixture

뚜껑이 열리고 내장이 보입니다

떨어져 도망치려는 몸뚱어리를 두 가락의 내장이 붙들고 있습니다

누군가의 발걸음에 빛이 되는 것을 포기하지 않고

그렇게 밤이 되면 또 누군가에게 빛이 되어 어두움과 싸울 겁니다

The lid opens, revealing its innards.

Two strands of guts hold onto the body trying to break free and escape.

It refuses to give up on being a light for someone's footsteps.

And so, when night falls, it will once again shine for someone, fighting against the darkness.

지는 해 가는 해年
The Setting Sun, The Passing Year

해가 지고 있습니다

햇빛으로 강물을 물들이며

강 저 너머로 해가 지고 있습니다

바람을 이기지 못한 나무의 뿌리가, 지는 해를 못내 아쉬워하며 보냅니다

늙은 어부의 해年가 지고 있습니다

The sun is setting,

Coloring the river with its rays,

Beyond the far side of the water, the sun sinks.

The roots of a tree, swayed by the relentless wind, reluctantly bid farewell to the departing sun.

The year年 of an aging fisherman fades away.

님 그리는 비둘기
A Dove Yearning for Its Beloved

하늘을 나는 비둘기 강가에 내려와 나무가 되었습니다.
사랑하는 이를 사랑하다가 뻥 뚫린 가슴에 모래만 채우고
머리는 몸뚱어리만 남기고 님을 찾아갔습니다
구스크릭Goose Creek 강가에는 머리를 잃은 비둘기가
사랑하는 님을 그리워하며 모래에 있습니다.

A dove soaring in the sky descended to the riverbank and became a tree.
Loving its beloved, it filled its hollowed chest with nothing but sand.
Leaving behind only its body, its head went in search of you.
A headless dove rests in the sand, longing for its beloved.

마법의 성 I

The Castle of Magic I

마법의 성에 달이 떴습니다

해가 빛을 잃고 사라지기도 전에

달이 찾아와 해 가는 길을 배웅합니다

마법사의 날카로운 손끝이 달을 건드려 밀고 있습니다

마법의 성에는 종종 해가 지기 전에 달이 먼저 찾아옵니다

The moon has risen over the Castle of Magic.

Before the sun has even lost its light and disappeared,

The moon arrives to bid farewell to the departing sun.

The sharp fingers of the magician nudge the moon forward.

In the Castle of Magic, the moon often appears before the sun has fully set.

물 전갈나무
Water Scorpion Tree

캐롤라이나 해안 구스크릭Goose Creek에는 물에서 살게 된 전갈의 전설이 있습니다

홍수가 찾아오고 바다가 범람하면서, 전갈이 놀던 사막이 사라지고

미처 떠나지 못한 전갈이 강가에 발을 담그고

아이를 등에 업은 채 나무가 되어

굳어버린 슬픈 이야기가 강물에 흐르고 있습니다

On the Carolina coast at Goose Creek, there is a legend of a scorpion that came to live in the water.

When a great flood arrived and the sea overflowed, The desert where the scorpion once played vanished.

Caught off guard, unable to leave, The scorpion dipped its feet into the riverbank,

And with its young clinging to its back, It turned into a tree, solidified in sorrow.

Its sad tale flows endlessly with the river's currents.

마법의 성 II
The Castle of Magic II

마법의 성에는 해를 두려워하는 공주가 살고 있습니다
어두운 성에 스스로를 가두고
마지막까지 지는 해를 피하여 성에 숨었습니다
해가 지고 어둠이 강에 드리우면 마법의 성문이 열리고,
공주는 해변을 거닐며 놉니다

In the Castle of Magic lives a princess who fears the sun.

She locks herself away in the dark fortress,

Hiding until the very last moment from the setting sun.

When the sun sinks and darkness casts its veil over the river, The gates of the Castle of Magic open,

And the princess strolls along the shore, Roaming and playing beneath the night sky.

제3부
거꾸로 본 세상
To See the World Upside Down

수중 궁궐
The Underwater Palace

저물 깊은 곳 숨겨진 왕국에

천사들마저도 시기한 버지니아와 에드거의 사랑 이야기가 있고

왕국에 갇힌 버지니아의 슬픈 노래와

그들의 다 이루지 못한 사랑은

바람에 흔들리는 물결 되어 찾아온다

In the hidden depths of a twilight kingdom,

Lies the tale of Virginia and Edgar, the love so profound that even angels envy

Virginia's sorrowful song, trapped within the kingdom,

And their unfulfilled love,

Return as rippling waves, swaying with the wind.

사라진 전설을 찾아서
In Search of the Lost Tale

날개를 접고

나무들이 흘린

수천 년의 전설 속으로

늪 속을 헤매다

화석이 된다

Folding its wings,

Drifting into the thousands of years of stories

Shed by the trees,

It wanders through the swamp,

Only to become a fossil.

수줍은 만남
A Shy Encounter

달과 해가 같은 바다에
얼굴을 마주하고 떴습니다
달은 바다를 떠나기 싫어서 더디 가고
해는 바다가 보고파서 서둘러 왔습니다
부끄러움은 해의 몫인가 봅니다

The moon and the sun rose together over the same sea,
Facing each other.
The moon lingered, reluctant to leave the ocean,
While the sun hurried, eager to see the sea.
It seems that shyness belongs to the sun.

돛 꼭대기에 걸린 달
The Moon Caught at the Top of the Mast

황금빛 노을이 올라와 하늘을 만나고

하늘이 바다에 있고 하늘이 바다를 품으니

요트는 석양에 돛을 내리고 부두와 만났습니다

항해를 마친 여행자는 땅을 만나 떠났고

석양에 미리 나온 하늘에 쪽배는 요트의 기둥에 와 쉽니다

The golden sunset rises to meet the sky,

The sky rests in the sea, and the sea embraces the sky.

The yacht lowers its sail in the twilight and meets the dock.

The traveler, journey complete, meets the land and departs.

Under the pre-dusk sky, A small boat rests by the mast of the yacht.

Midnight Queen

비를 맞으며 울고

아침을 맞으며 고개를 숙였다

아방궁과 타지마할과 같던

Midnight Queen의 우아한 자태는

하룻밤 사랑으로 끝이 난다

Crying in the rain,

Bows its head to the morning light.

The elegant form of the Midnight Queen,

Once as grand as the Epang Palace or the Taj Mahal,

Fades away,

A fleeting beauty, ends in a love of just one night.

** Midnight Queen은 밤이 되면서 꽃을 피우기 시작하면서 11-12시가 되면 화려하게 만개하였다가 아침이 오면 시들어 사라진다.

공존
Coexistence

땅이 아닌데 물 위에서 자랐고
동굴이 아닌데 구멍이 있어 바람이 찾아와 쉬고
종은 다른데 한 몸에서 자라고
수백 년을 서로 다름을 받아드리는 자연에서
공존을 배운다

Not on land, yet growing upon the water.
Not a cave, yet with hollow spaces where the wind comes to rest.
Different species, yet growing from the same body.
In the harmony of nature, Where for centuries differences have been embraced,
We learn the essence of coexistence.

행복
Happiness

한 시간 반을 달려 너를 만나러 왔다

네가 오는 날이면, 오늘처럼 날씨마저도 좋은 날이면

함께하는 시간이 길어 참 좋다

어느덧 나의 시름이 파도에 씻겨가고

내 정수리를 내려다볼 즈음이면 난 너를 마주하고 땅에 누었다

I drove an hour and a half to see you.

On days when you come, and when the weather is as perfect as today,

I love how our time together feels so much longer.

Before I know it, my worries are washed away by the waves,

And by the time you hover above my crown, I lie down on the ground, face to face with you.

사랑의 팬트리
The Pantry of Love

빛을 나누어 주려고 태양은 오고

쉬어 가라고 나무는 그늘을 주고

사랑 고픈 만큼 가져가라고 팬트리 만드니

받은 사랑 되돌려 주려고

지난밤 보이지 않는 손이 다녀갔네

The sun comes to share its light,

The tree offers shade for those who need rest.

A pantry is made, inviting you to take as much love as you crave.

And to return the love you've received,

An unseen hand visited last night.

나무그늘 도서관
The Tree-Shadow Library

바람이 와 쉬어 놀고

햇살이 거리를 두고 찾아와 주는 곳

숲속 나무 그늘에 의자가 기다리고

책장의 책들이 얼굴을 내보이며

당신과 대화하길 원합니다

A place where the wind comes to rest and play,

And sunlight visits, keeping its gentle distance.

Beneath the forest's tree-shaded canopy, a chair awaits,

While books on the shelves peek out,

Eager to converse with you.

하늘에 걸린 가로등
A Streetlamp Hung in the Sky

어두움이 바쁜 걸음으로 찾아오는 해거름에

바다의 파도와 놀던 배들 돌아와 돛을 내리고

하루의 일과를 마친 이들의 여유로운 발걸음이 있는 곳

부두에 찾아 올 어두운 밤을 가로등이 밝혀 준비하니

조물주 하늘에 달 걸고 밤을 부른다

As darkness approaches swiftly with the setting sun,

Boats that played with the waves return to the harbor, lowering their sails.

Here, where the relaxed footsteps of those who finished their day's work linger,

The streetlamp lights up the pier, preparing for the night to come.

And the Creator, hanging the moon in the sky, Calls forth the night.

거꾸로 본 세상
To See the World Upside Down

뿌리가 세상을 보려고
땅에서 나왔다

거꾸로 보는 세상은 어떨까
모래 위에 물구나무를 섰다

에잇 세상은 짜다

Roots emerged from the ground
To see the world.

What would the world look like upside down?
A tree stood on its hands on the sand.

Bah! The world is salty.

육아낭
Parenting Pouch

바람과 사랑을 하고

그의 씨를 품었다

바람이 들려주는 달콤한 속삭임에

새 생명이 잉태하여 자란다

새도 와 동거한다

It fell in love with the wind

And embraced its seed.

In the sweet whispers carried by the breeze,

New life is conceived and grows.

Even birds come to share its home.

나도 감
I, Too, Am a Persimmon

내가 누구냐고

나 감

맛은 어떠냐고

맛있어

왜 이렇게 생겼냐고…. 넌 어떻게 생겼는데

Who am I, you ask?

I'm a persimmon.

How do I taste?

Delicious.

Why do I look like this, you ask? Well, how do youlook?

가을, 하늘에 머물다
Autumn, Dwelling in the Sky

석양에 하늘은 새 모습으로 단장을 하고

바다를 누비던 바람이 집으로 돌아와 다리 밑을 지나니

달은 갈대 위에 와 논다

가을이 하늘에 가득하다

At sunset, the sky adorns itself in a new guise,

The wind, after roaming the sea, returns home, passing beneath the bridge.

The moon rests softly above the reeds.

Autumn fills the sky completely.

요람속 아기
A Baby in the Cradle

구스크릭Goose Creek에는 아이를 안고 어부를 기다리는 망부목이 있습니다.

고기잡이를 떠난 어부와, 석양이 드리우면 어부의 무사 귀환을 기도하던 아내.

차가운 강바람 속에서도 아이는 엄마의 품에서 잠이 들고,

찬바람에 떨던 솔잎이 아기의 품에 떨어져 비집고 들어와도

엄마의 품에서 아빠를 기다리다 함께 나무가 되어버린 안타까운 전설이 있습니다

At Goose Creek, there stands a "Widow's Tree," cradling a child, waiting for the return of a fisherman.

A wife who prayed for her husband's safe return as the sunset painted the sky, While he ventured into the waters to fish.

Even in the biting river breeze, the child fell asleep in her arms.

Pine needles shivering in the cold wind, Found their way into the baby's embrace,

The mother and child, longing for the father, Eventually became one with the tree. A poignant legend of love, waiting, and transformation.

제4부

사랑의 다른 이름

Another Name for Love

백골의 전사
The Skeleton Warrior

눈은 하늘을 향하고

창은 바람을 가른다

수천 년을 강에서 불어오는 바람을 막고

세월과 싸우고 싸웠다

이 몸이 백골이 되어도 전사로 남으리라

Eyes fixed on the sky,

The spear cuts through the wind.

For thousands of years, it has stood against the winds from the river,

Fighting endlessly against time itself.

Even as this body turns to bare bones, I will remain a warrior.

해日 해年
The Sun, The Year

더디 가라 붙들려고 하니

강 건너에 해가 있다

성난 코뿔소처럼 달려와 보니

해年가 간다

언제 이 뿔들을 내려놓을 수 있을까

Slow down, I plead, trying to hold it back,

But the sun lingers across the river.

Rushing like an angry rhinoceros, I arrive,

Only to see the year slipping away.

When will I be able to lay down these horns?

퇴화목
The Degenerate Tree

눈

비

바람

세월을 견디었다

아직도 강물은 흐른다

Snow,

Rain,

Wind,

And time— I have endured them all.

Still, the river flows.

님은 가고
Beloved Has Gone

바닷물이 강으로 오르고

괘종의 시곗바늘이 멈추어 선다

님 떠난 강가에 서서 그를 불러보아도 대답이 없고

풍파에 노송은 밑동만 남아

따개비들의 집터 되었다

The seawater rises into the river,

And the pendulum's hands come to a halt.

Standing by the riverbank where my beloved has gone, I call out, but there is no answer.

The old pine, battered by the storm, Now only has its stump left,

Becoming a home for barnacles.

불사조
Phoenix

난다

동학의 민심

이루어진다

학생들의 3·1의 보라빛 정신

하늘, 땅, 물이 만났다

It rises,

The people's will of Donghak,

It is fulfilled.

The purple spirit of the students' March 1st movement.

Heaven, earth, and water have met.

황혼의 깃발
The Flag of Twilight

당신은 보이십니까?

불타는 구름 아래 꿋꿋이 서 있는 저 깃발이

어둠이 오기 전, 하루의 마지막을 위해 구름을 태우고

인생의 마지막을 불사르는 귀한 노고가

과거와 미래를 잇는 다리가 되기를 기원하는 황혼의 간절함이

Do you see it?

The flag, standing steadfast beneath the burning clouds,

Before the darkness falls, it sets the clouds aflame,

Sacrificing its final moments to the fire of life's end.

May its precious effort serve as a bridge, Connecting the past and the future, In the earnest longing of twilight.

떨림의 외침
The Cry of Trembling

떨어진다

망설임

두려움

무서움

두 손에 꽉 쥔 함성으로 내려보낸다

It falls,

Hesitation,

Fear,

Terror,

Sent down with a shout clenched tightly in both hands.

도솔천의 탱화
The Mural of Dosolcheon

지는 해를 마주한 강은

남은 빛들을 담기에 바쁘고

풍파에 깎기여 선 그대는 누구의 작품인가

인생인 소리를 듣고 답하는 그대는

석양의 화려한 무대 뒤에 전해오는 그 외로움을 본다

The river, facing the setting sun,

Is busy collecting the remaining light.

Carved by the storm, who is the artist behind your form?

Hearing the sounds of life, you respond,

And in the magnificent backdrop of the sunset's stage,
You witness the loneliness that follows.

마음과 입의 엇갈림
The Discrepancy Between the Heart and the Mouth

모이는 걸까
흩어지는 걸까
마음은 모인다 하고
입은 흩어진다 한다

왜 다를까 겉과 속

Is it gathering,
Or is it scattering?
The heart says it gathers,
But the mouth says it scatters.

Why is there a difference between the outside and the inside?

단풍 든 달
The Moon with Autumn Colors

달맞이 나온 나뭇잎
차가운 바람이 입맞춤하니
볼이 빨개진다
파르르 떠는 연분홍빛 얼굴을 하고
수줍음 가득한 가을이 왔다

The leaf that came out to meet the moon,
Receives a kiss from the cold wind,
Turning its cheeks red.
With a pale pink face trembling gently,
Autumn, full of shyness, has arrived.

짓다 만 집
An Incomplete House

얼마나 아플까

온몸에 구멍투성이다

딱따구리 집 짓기를 마다하고

떠났다

썩어지기 전 새들의 보금자리 되길 원했다

How much must it hurt?

The body is full of holes.

Refusing to finish building the woodpecker's nest,

It left.

Before it decays, It wished to become a home for the birds.

도서관
Library

AI

두뇌

터널 속 전자회로들의 움직임

초록불이 켜졌다.

Artificial Intelligence

The brain

The movement of electronic circuits in the tunnel

The green light has turned on.

번개와 역사
Lightning and History

번개에 목을 잃고도

두 팔을 벌렸다

하나, 둘, 셋 이어진다

줄이 되고

역사가 되었다

Even after losing its neck to the lightning,

It spread its arms wide.

One, two, three, it continues,

Becoming a line,

And becoming history.

사랑의 다른 이름
Another Name for Love

둘

가슴

날개 밑

서로를 향한 마음

사랑의 다른 이름들이다

Two,

The heart,

Beneath the wings,

Beneath the wings,

These are other names for love.

전선의 불빛
The Light of the Power Lines

새들 떠나고

어두움이 땅으로부터 올라온다

어두움이 채워진 하늘

달이 와 전선에 앉고

하늘에 미소가 번진다

The birds have gone,

And darkness rises from the earth.

The sky, filled with darkness,

The moon comes and sits on the power lines.

A smile spreads across the sky.

불꽃 영상과 상징언어의 놀라운 만남

– 이병석 디카시집 『하늘에 걸린 가로등』

김종회(문학평론가·한국디카시인협회 회장)

1. 무도인과 시인 그리고 디카시

이병석 시인의 첫 디카시집 『하늘에 걸린 가로등』을 참으로 놀랍고 기쁜 마음으로 읽었다. 첫 시집에서 이렇게 세련된 영상과 그에 밀접하게 부합하는 시어를 구축한 기량도 놀라웠지만, 무엇보다 일상의 삶과 자연환경 가운데서 디카시의 소재를 발굴하는 그 안목이 참신해서였다. 그런데 기실 이는 그렇게 새삼스러운 일이 아니다. 그는 작년에 『비바람 속에서도 꽃은 피고』라는 주목할 만한 시집을 상재上梓한 시인이며, 이 시집이 한국은 물론 그가 거주하고 있는 미국에서도 흔연欣然한 반응을 일으킨 바 있기 때문이다. 세상 사람들이 출간된 문학 작품을 보는 눈은 대체로 유사한 터여서, 그 글이 소박하고 조촐하더라도 품위 있고 격조 높은 것이면 모두가 감동한다.

여기에 더욱 감동을 더하는 요인은, 이병석 시인이 문학과 가까운 길을 걸어온 인물이 아님은 고사하고 그가 한국 국기원에서 자격을 수여한 태권도 9단의 무도인武道人이라는 사실이다. 그러한 까닭으로 첫 시집이 출간되었을 때 많은 사람이 놀랐고, 어떻게 이렇게 무도와 문학을 한결같이 잘할 수 있는가라며 경탄했다. 그런데 이제 여기서 한 걸음 더 나아가, 한국에서 온 세계로 확산되고 있는 새로운 한류 디카시 창작의 일원이 된 셈이니 경이롭지 않을 수 없는 형국이다. 그와 같은 멀티플의 재능이 개화開花하기에 우선은 창작자가 가진 재능이 큰 역할을 하겠지만, 몸에 밴 진지한 열정과 지속적인 성실성 없이는 가능한 일이 아니라 할 것이다.

익히 알다시피 디카시는 우리 손안에 있는 소우주 스마트폰의 디지털카메라를 통하여, 불꽃 같은 순간 포착의 사진을 찍고 여기에 촌철살인의 시 몇 행을 부가하는 새로운 문학 형식이다. 그리고 소셜미디어 매체 환경을 활용하여 전 세계로 실시간 소통할 수 있는, 이 영상문화 시대에 최적화된 글쓰기 유형이다. 꼭 20년 전 한국의 경남 고성에서 지역 문예 운동으로 시작하여, 지금은 한국 내에 12개의 지부 그리고 세계 주요 국가 주요 도시에 20개의 해외지부가 결성되어 활동하고 있는 글로벌 시 운동이다. 이러한 변화와 전환의 시기에 이병석 시인의 새로운 디카시집은 향후 디카시 신인들에게 좋은 본보기이자 미주에서 디카시를 쓰는 분들에게 유익한 길잡이가 될 것으로 본다.

2. 그윽한 경관과 내 마음의 상흔

이 시집의 제1부를 여는 순간, 이 시인이 풍경을 포착하는 눈과 솜씨가 예사롭지 않다는 것을 쉽사리 알아차릴 수 있다. 일상의 주변에 있는 경관이지만 이를 포착하는 방향과 각도가 시인의 심사를 반영하고 있다고 보면, 우리는 그 영상에서 많은 전언傳言을 엿들을 수 있다. 제1부의 사진들은 진중하면서도 그윽하다. 여기에 결부된 시적 언술은 사진이 다 말하지 못한 시인의 내면 풍경과 남몰래 숨어있는 마음의 상흔傷痕들을 시의 표면으로 밀어 올린다. 「물수제비」에서 별과 달과 바다의 언어, 「사라진 언어」에서 '일그러진 입들'을 가진 고목의 형상, 「이분법」에서 하늘과 땅 그리고 바다의 상징이 모두 이를 말한다. 이와 같은 관찰의 수순手順이 작동하고 있으면, 시의 의미가 깊고 풍성해진다.

비가 지나간 후
땅이 마르기도 전에
"이제 괜찮을 거야
이젠 괜찮을 거야" 말하며
쌍으로 찾아왔습니다

—「아픔 뒤에는」

무지개는 언제나 꿈이요 희망을 말한다. 그러기에 일찍이 윌리엄 워즈워스가 "무지개를 보면 내 가슴 뛴다"고 노래했다. 그런데 문제는 그렇게 무지개가 하늘에 걸리기까지의 이전 단계가 곤고困苦하기 때문에, 그 현상이 더욱 화려하게 빛나는 것이 아닐까. 어두운 밤이 길수록 밝은 아침이 더 찬란하듯, 시인이 목도目睹한 쌍무지개의 배면에는 더 많은 인내의 시간이 숨어 있을 것 같다. 이와 같은 추론에 대한 근거는 영상에 결부된 시의 문면文面에 있다. '비가 지나간 후 땅이 마르기도 전에' 무지개는 '이제 괜찮을 거야'를 두 번 반복하며 쌍으로 찾아왔다는 진술이 그렇다. 시의 제목이 '아픔 뒤에는'인 것은, 이 무지개 출현의 순간을 인용引用하여 삶의 고난과 극복을 동시에 지칭하고 있다고 보아도 무방하겠다.

떠나버린 아내가 그리워
함께 간 아이들이 보고 싶어
이 산에 사다리를 만들고 있습니다.
한 계단 한 계단 올라가고 그리움이 쌓이면
님 계시는 저 하늘에 닿겠죠.

—「나무꾼의 사다리」

오르막 산길에 사다리 모양의 발 받침 시설이 깔려 있다. 더 위로 올라가도 계속되는지는 알기 어렵다. 그러나 이 시설이 산을 오르는 이들의 안전과 편의를 위한 것임에는 틀림이 없다. 풍경으로 보아서 한국의 야산 중턱쯤 되어 보이지만, 이 또한 알 수 없다. 사정이 이러한데 시인이 이 장면을 보는 시각은 사뭇 특별하다. 그는 거두절미하고 우리 옛이야기의 「선녀와 나무꾼」 설화를 소환했다. 시의 현재 시점은 이 이야기의 후반에 이르러 아내와 아이들이 모두 하늘로 떠나간 다음이다. 그 속절없는 그리움에, 마침내 '님 계시는 저 하늘'에 닿고자, '한 계단 한 계단' 올라가는 사다리를 만들었다는 것이 아닌가. 이야기 속의 나무꾼에게 현대적 의장意匠을 입히면, 곧장 오늘의 우리 형편과 같아질 수 있을까.

3. 당신의 존재 증명과 재생 신화

이병석 시인의 디카시에는, 언제나 화자의 존재 자아와 일정한 거리를 두고 있는 타자가 전제되어 있다. 이는 시인 자신을 객관화하고, 동시에 자신에게 여러 상념과 의식을 공여하는 '당신'의 지위를 규정한다는 뜻이다. 때로는 그 당신이 시인의 신앙 위에 드리워져 있는 절대자인가 하면, 또 때로는 세상 만물을 형성하는 자연 풍광의 형상이기도 하다. 이 존재론적 구도를 바탕으로 하여 시인은 끊임없이 소거와 재생, 스러짐과 일어남, 소멸과 부활의 방정식을 꾸려낸다. 이 시집 제2부의 시들이 대체로 그와 같다. 「빈 그네」에서의 당신, 「싹이 피었습니다」에서의 당신, 「노송과 바다와 하늘」에서의 그림 그리는 노송老松이 모두 이 구조적 문법을 운용하는 타자의 모습이다. 그 맞은 편에 이 상황에 대한 인식의 주체로서 시인이 서 있다.

내 눈이 머무는 저 먼바다가 보이시나요?
난 그곳을 나는 꿈을 꾼답니다
아직 가보지 않은 그곳이지만
매일 조금씩 그리고 멀리 다녀옵니다
그러다 보면 내 눈이 머무는 곳까지 가 있겠죠

―「내 눈이 머무는 곳」

바다 위의 나무섬에 갈매기 한 마리 외롭게 서 있다. 사람이든 새든 혼자 서 있자면 온갖 생각의 침범을 받기 마련이다. 시인의 관점은 어느새 갈매기의 그것에 투영되어 있다. 그러한 관찰과 발화의 방식으로, 시인은 갈매기의 입을 빌려 '저 먼바다'

의 꿈을 진술한다. 갈매기는 자신이 '아직 가보지 않은 그곳'이지만, '매일 조금씩 그리고 멀리' 다녀온다고 들려준다. 그러다 보면 '내 눈이 머무는 곳'까지 가 있을 것이라고 단정한다. 이때 먼바다의 꿈, 눈길이 머무는 그곳은 과연 어디이며 어떤 지형을 하고 있을까. 그것은 외로운 갈매기의 염원이자 시인의 소망이며, 마침내 우리가 추구하는 정신적 자유로움의 땅이 아닐까.

어부가 물고기 잡기를 포기했습니다
물에서 사용하는 그물로
바람을 잡으려고,
세월을 잡으려고 기둥에 묶어두었습니다
세월의 무게가 무거워 그물이 찢겼습니다

—「어부의 그물」

찢어진 어부의 그물, '물에서 사용하는 그물'이 기둥에 묶여 있다면 더 이상 물고기를 잡는 기능을 수행하지 않는다. 이병석 시인의 독실한 기독교 신앙을 염두에 두면, 이 시의 함축적 대목은 얼핏 '사람 낚는 어부'의 성경 말씀을 떠올리게 한다. 시인의 관점은 간략하고 선명하다. 어부는 물고기 잡기를 포기했고, 이 그물로 바람을 또 세월을 잡으려 한다. 그 '세월의 무게'가 무거워 그물이 찢겼다는 것이다. 찢어진 그물이라 그것의 본래적 기능을 버리고 그로써 세월을 잡으려 했는지, 세월을 잡자면 물고기잡이 그물의 역할을 버려야 했는지를 알 수 없으나, 그물이 가진 의미망의 단계를 한층 승급昇級하여 제시했다는 사실은 분명하다.

4. 현상 너머에 숨은 본질의 현현

어떤 생명현상이나 자연현상에도 본질이 있고 현상이 있다. 본질은 그 대상의 내부적이고 안정된 본성을 말하며, 현상은 이 본질의 외부적이고 직접적이며 구체적으로 드러난 형식을 일컫는다. 사람이나 사물에 대해 비유와 상징을 동원하여 암시적으로 말하는 시에 있어서, 이 두 개념의 긴장감 있는 길항拮抗은 어쩌면 필요불가결의 요소인지도 모른다. 이 시집의 제3부에서는 유독 이러한 사유思惟의 관계성이 잘 드러난다. 「공존」에서 볼 수 있는 공존의 원래 개념과 나무 및 풀의 모양, 「하늘에 걸린 가로등」에서 볼 수 있는 달과 하루 일과를 마친 발걸음의 상관성, 그리고 「거꾸로 본 세상」에서 볼 수 있는 모래 위 물구나무를 선 뿌리의 탄식 등이 그에 대한 서술항을 이룬다.

저물 깊은 곳 숨겨진 왕국에
천사들마저도 시기한 버지니아와 에드거의 사랑 이야기가 있고
왕국에 갇힌 버지니아의 슬픈 노래와
그들의 다 이루지 못한 사랑은
바람에 흔들리는 물결 되어 찾아온다

—「수중 궁궐」

초록 물결이 출렁이는 물의 나라 한복판에, 검은 나무 등걸과 초록색 나뭇가지가 꿋꿋하게 서 있다. 시인은 여기서 에드거 앨런 포의 「애너벨 리」를 유추하고, 이를 '수중 궁궐'이라 호명했다. '천사들마저도 시기한' 버지니아 글렘과 포의 눈물겨운 사랑 이야기가 이 물 가운데 잠겨있다고 선언하는 시인의 눈길은,

'다 이루지 못한 사랑'의 잔해를 거기서 찾아낸다. 그 애틋한 사랑이 '바람에 흔들리는 물결'이 되어 찾아온다면, 이 물가는 그야말로 전설적인 담론의 자리이며 가히 수중 궁궐을 조망眺望할 수 있는 유의미한 공간이다. 사랑의 물결이 밀리는 이 풍광이 현상이라면, 시공을 초월하는 애너벨 리의 사랑 곧 참된 사랑은 사태의 본질이다.

날개를 접고
나무들이 흘린
수천 년의 전설 속으로
늪 속을 헤매다
화석이 된다

—「사라진 전설을 찾아서」

시의 제목으로 보면, 무슨 고고학자가 고대의 유물을 찾아 탐험의 여정에 나선 듯한 느낌이다. 얕은 물 속에 깊이 뿌리를 내린 아름드리 교목들 사이로 흰 물새들의 움직임이 보인다. 이들은 무엇을 찾고 있으며, 종내 그 무엇을 찾아낼 수 있을까. 시인은 이 물새가 '날개를 접고' 소박한 발걸음으로 이동하고 있음을 주목한다. 그리하여 '수천 년의 전설' 속으로 늪 속을 헤매는 지경에 있다고 판단한다. 이윽고 그 '수천 년'에 버금가는 화석化石이 될 것이라면, 이 한 장의 사진은 시공을 함축하여 숨은 일의 진면목眞面目을 탐색하는 하나의 표본이 된다. 그렇게 세상사의 모든 국면에는 본질과 현상의 팽팽한 줄다리기가 있고,

시인은 이를 찾아 나선 순례자에 해당한다.

5. 일상성의 풍경과 영혼의 울림

디카시는 강조하여 말하자면 일상의 예술이요 예술의 일상이 가능하게 되는 새로운 문예 장르다. 온 세상의 남녀노소 누구나 이 시 놀이 창작 현장에 뛰어들 수 있고, 규격을 갖춘 작품을 창작할 수 있다. 다만 쓰기는 쉬우나, 그만큼 잘 쓰기가 쉽지 않다는 데 방점이 있다. 이병석 시인의 첫 디카시집이 이 용이한 접근법과 더불어 놀랄만한 수준의 영상과 시를 함께 묶어낸 것은 내내 화제가 될 만하다. 이 시집 제4부의 시들은 그처럼 일상적인 풍경을 모태로, 공감과 감동을 남기는 창작의 성과에 이르렀다. 「퇴화목」의 풍찬노숙風餐露宿을 지나온 나무, 「번개와 역사」의 기묘하게 팔을 벌린 나무, 「사랑의 다른 이름」에서 형이상학적으로 '서로를 향한 마음'을 표출한 두 식물의 모양 등이 이를 증명한다.

지는 해를 마주한 강은
남은 빛들을 담기에 바쁘고
풍파에 깎기여 선 그대는 누구의 작품인가
인생인 소리를 듣고 답하는 그대는
석양의 화려한 무대 뒤에 전해오는 그 외로움을 본다

—「도솔천의 탱화」

도솔천兜率天은 불교에서 욕계欲界 육천六天의 넷째 하늘이며, 도가에서는 노자老子가 있다는 하늘을 말한다. 이를테면 동양 문화권에서 사후 세계의 핵심적 위상을 설명하는 데 동원되는

용어다. 시인은 강가에 의연히 선 고사목 그루터기와 둥치에서 '도솔천의 탱화'라는 관념을 도출했다. 탱화幀畵는 불교 신앙의 대상이나 내용을 그린 그림을 지칭한다. 그러므로 도솔천의 탱화는 세상살이의 온갖 우여곡절과 시련을 모두 거친 끝에 종국적으로 남은 생사경生死境의 풍물도風物圖다. 시인은 '풍파에 깎이어 선 그대'가 누구의 작품인지를 묻는다. 시인이 보는 그 그대는 '인생의 소리를 듣고 답하는' 경지에 이른 자이지만, '석양의 화려한 무대 뒤에 전해오는 그 외로움의 주인공'이다. 이 범상한 풍광의 뒤끝에, 이처럼 웅숭깊은 사상의 침전沈澱이 있다.

AI
두뇌
터널 속 전자회로들의 움직임

초록불이 켜졌다.

—「도서관」

고요하고 정숙한 도서관의 광경이다. 누구나 근접할 수 있는 풍정風情과 분위기에 잠겨 있다. 중세 건축 양식의 고풍스러운 천장과 창문이 잘 수용되어 있어서 이 영상의 품격을 높여준다. 시인은 이 그림 속에서 AI 곧 인공지능을 떠올리고, 인간의 두뇌를 그다음 시행으로 병렬했다. 도서관이 정보의 집합체이자 교류처라는 사실을 환기해 보면, 우리 시대의 품격있는 도서관이 그와 같은 용어 및 콘텐츠의 호명과 긴밀하게 공조 될 수 있음을 납득하게 된다. 이 도서관에서 '열공' 중인 사람들과 그들의 시야를 밝히고 있는 초록 불이 매한가지로, 고색창연하고 조촐한 지적 이미지의 행렬을 형성한다. 이때의 시는 일상의 움직임 속에서, 한결 수준 있는 정신적 울림을 불러온다.

우리가 이제까지 정성껏 살펴본 이병석 시인의 디카시 세계는, 꼭 60편에 달하는 시를 4개의 부로 나누어 한 권의 시집으로 간행했다. '하늘에 걸린 가로등'이라는 표제는, 사진과 시가 조합하여 산출하는 새로운 예술적 지향점을 표상하기에 매우 적절해 보인다. 그의 시는 우주와 자연의 경관을 바라보면서 내밀하게 움직이는 내면의 소리를 표현하고, 은연중에 그 삼라만상森羅萬象을 작동하게 하는 불가사의한 존재의 힘을 상정한다. 그런가 하면 본질과 현상의 존재론적 발화 방식을 분별하면서, 평범한 삶의 도정道程에서 강렬한 영혼의 반탄력을 보여주기도 한다. 짐작건대 앞으로도 그의 시와 디카시가 새로운 행로行路를 열어가면서, 우리가 수발秀拔한 문학예술과 만나는 기쁨을 간단間斷없이 누리게 해주리라 믿는다.